Gente que hay que conocer

Oprah Winfrey

Jonatha A. Brown

Consultora de lectura: Susan Nations, M.Ed., autora/tutora de alfabetización/consultora

WEEKLY WR READER®
EARLY LEARNING LIBRARY

Please visit our web site at: www.earlyliteracy.cc
For a free color catalog describing Weekly Reader® Early Learning Library's list
of high-quality books, call 1-877-445-5824 (USA) or 1-800-387-3178 (Canada).
Weekly Reader® Early Learning Library's fax: (414) 336-0164.

Library of Congress Cataloging-in-Publication Data

Brown, Jonatha A.
    [Oprah Winfrey. Spanish]
    Oprah Winfrey / by Jonatha A. Brown.
      p. cm. — (Gente que hay que conocer)
    Includes bibliographical references and index.
    ISBN 0-8368-4354-1 (lib. bdg.)
    ISBN 0-8368-4361-4 (softcover)
    1. Winfrey, Oprah. 2. Television personalities—United States—Biography—Juvenile literature.
3. Actors—United States—Biography—Juvenile literature. I. Title. II. Series.
PN1992.4.W56B7818   2004
791.4502'8'092—dc22
    [B]   2004049610

This edition first published in 2005 by
Weekly Reader® Early Learning Library
330 West Olive Street, Suite 100
Milwaukee, WI 53212 USA

Copyright © 2005 by Weekly Reader® Early Learning Library

Based on *Oprah Winfrey* (Trailblazers of the Modern World series) by Jean F. Blashfield
Editor: JoAnn Early Macken
Designer: Scott M. Krall
Picture researcher: Diane Laska-Swanke
Translators: Tatiana Acosta and Guillermo Gutiérrez

Photo credits: Cover, title, pp. 9, 14 Photofest; pp. 4, 5, 13, 19 © AP/Wide World Photos; p. 7 © Gini Holland;
p. 11 © Reuters; p. 15 © Touchstone Pictures/Courtesy of Getty Images; p. 17 © Cynthia Johnson/Getty
Images; p. 18 Courtesy of Getty Images; p. 21 © Jeff Christensen/Reuters

Printed in the United States of America

1 2 3 4 5 6 7 8 9 08 07 06 05 04

Contenido

Las palabras del Glosario van en **negrita**
la primera vez que aparecen en el texto.

Capítulo 1: Un comienzo difícil

Oprah Winfrey es hoy una mujer rica y famosa, pero de pequeña fue pobre.

Oprah Winfrey nació en Mississippi el 29 de enero de 1954. Sus padres no estaban casados. Cuando Oprah nació, su madre era muy joven y aún vivía con sus padres. Oprah también vivió con sus abuelos. A su abuela le decía *Momma*.

La familia vivía en una granja muy

pequeña. Tenían un huerto y criaban algunos cerdos y algunas gallinas. Eran muy pobres.

Oprah era lista. A los tres años ya podía leer.

Esta foto muestra a Oprah con Phil Donahue, otro famoso presentador de la televisión. Los programas de Oprah y Phil se transmitían por la televisión a la misma hora.

Le gustaba aprenderse historias de memoria y **recitarlas**. Oprah recitaba historias de la Biblia en la iglesia. Si no tenía otro público, actuaba para los cerdos y las gallinas de la granja.

Cuando Oprah tenía cuatro años, su madre se mudó a Wisconsin. Oprah se quedó con *Momma*. Su abuela no era una persona dulce ni amable. *Momma* no abrazaba ni besaba a su nieta. Cuando Oprah se portaba mal, *Momma* le pegaba. Esas palizas le dolían mucho.

La mudanza a Milwaukee

Cuando Oprah tenía seis años, se mudó con su madre a Wisconsin. Vivían en la ciudad de Milwaukee. Allí, eran tan pobres como lo habían sido en el campo. La madre de Oprah trabajaba todo el día como sirvienta y salía por la noche. No pasaba mucho tiempo con su hijita.

La madre de Oprah tuvo otra hija. Esta hermanastra de Oprah se llamó Patricia. Más adelante, nació además un hermanastro.

Oprah pasó un año en Nashville, Tennessee, donde vivían su padre y su madrastra. Ellos le prestaban atención y la ayudaban con sus tareas escolares. Oprah estaba en tercer grado.

Tras ese año en Nashville, Oprah se volvió a mudar con su madre. Allí, podía hacer lo que le viniera en gana, pero no se sentía querida.

En esta foto del anuario de su escuela, Oprah tenía 13 años.

Pasaron los años y Oprah se convirtió en una adolescente. Durante el bachillerato era una chica tranquila, que leía muchos libros. Tenía que tomar tres autobuses para llegar a una buena escuela. Fue entonces cuando vio cómo vivían otras personas. Vio que había un mundo mejor fuera del **gueto**. También se dio cuenta de lo pobre que era su familia.

Un periodo agitado

Oprah tuvo una adolescencia difícil. No tenía a nadie que la guiara y comenzó a meterse en problemas. Le robó dinero a su madre y llegó a irse de casa.

Oprah era incontrolable, así que su madre la envió de vuelta a Nashville. Oprah se mudó de nuevo con su padre.

Capítulo 2: Oprah se abre camino

Vivir con su padre fue un gran cambio para Oprah. Su padre y su esposa estaban pendientes de lo que Oprah hacía. Le decían a qué hora debía volver a casa, la obligaban a hacer sus tareas escolares y a ir a misa. Nada de esto le gustó a Oprah en un principio. Luego, comenzó a esforzarse y a sentirse orgullosa de sus logros. Decidió dar lo mejor de sí misma.

Oprah creció en un gueto. Muchos años después, Oprah realizó y protagonizó una película sobre dos muchachos afroamericanos que vivían en un gueto. La película se llamó *There Are No Children Here* ("Aquí no hay niños").

Oprah leyó libros, estudió mucho y sacó buenas notas. También comenzó a recitar de nuevo en la iglesia. Era tan buena, que muchos acudían sólo para oírla. La invitaron a hablar en otras iglesias. Oprah viajó a California y a Colorado, y llegó a ganar un concurso local. Tras el concurso, le pidieron que leyera las noticias en una estación de radio. Oprah trabajaba en la estación de radio cuando salía de la escuela.

La vida en la universidad

En 1971, Oprah estaba lista para ir a la universidad. Pero como apenas cuatro años antes había sido tan rebelde, su padre aún no confiaba en ella. No quería que Oprah viviera por su cuenta. Así que Oprah fue a la universidad en Nashville. Tomó clases de actuación y participó en muchas obras de teatro. Además, seguía dedicando mucho tiempo a la lectura.

Aún estaba en la universidad cuando tuvo la oportunidad de salir por televisión. Un canal local

Oprah hace que todos se sientan bienvenidos en su programa de televisión. Aquí habla con la Primera Dama, Laura Bush.

necesitaba un presentador para las noticias. Como había oído hablar de Oprah, la gente del canal de televisión le pidió que hiciera una prueba.

¡Poco después, Oprah estaba en las pantallas! Fue la primera reportera de noticias en la televisión de

Nashville, y la primera reportera negra. Trabajó en la estación por tres años.

Otro cambio

Al terminar la universidad, Oprah empezó a vivir por su cuenta. Se mudó a Maryland para trabajar en una estación de televisión. Al principio, trabajó como reportera. No era un trabajo fácil. Pero, poco después, en el canal de televisión le ofrecieron que cambiara de trabajo. Le pidieron que **copresentara** un programa estilo *talk show*. El programa se llamaba *People Are Talking* ("La gente habla").

Trabajar en un programa de este tipo era más divertido que leer las noticias. Oprah podía ser ella misma y, además, le gustaba hablar con los invitados. Oprah se llevaba bien con el otro presentador. Más personas comenzaron a ver el programa. "Esto es lo que tendría que haber estado haciendo desde un principio", comentó Oprah.

Capítulo 3: Colaborar para mejorar

Oprah descansa en su oficina de Chicago en 1985.

En 1984, Oprah volvió a mudarse. Esta vez se fue a Chicago, Illinois. Allí presentó otro programa de televisión.

El programa se llamaba *A.M. Chicago* ("Chicago por la mañana"). Antes de que Oprah lo presentara, a los espectadores no les gustaba mucho el programa. Con la llegada de Oprah las cosas cambiaron. Su entusiasmo y su bondad hicieron que el programa se convirtiera en

Oprah hace participar al público en su programa.

un gran éxito. El programa pasó a llamarse "El show de Oprah Winfrey". Personas de todo el país lo sintonizaban. En tres años, "El show de Oprah Winfrey" se convirtió en el programa de ese estilo más visto de la televisión.

En 1998, Oprah y Danny Glover protagonizaron la película *Beloved* ("Amado").

Oprah les encantaba a los espectadores por muchas razones. Oprah escuchaba atentamente a sus invitados. Cuando decían algo gracioso se reía y lloraba cuando contaban cosas terribles y tristes. Hacía que la gente se sintiera cómoda expresando sus sentimientos.

Oprah decía que todos tenemos problemas y que tener dificultades no significa que seamos malas personas.

Tras mudarse a Chicago, Oprah expandió sus intereses. Actuó en películas y trabajó con gente famosa. A Oprah le encantaba trabajar en cine. Poco después fundó su propia compañía de películas. La llamó Producciones Harpo. "Harpo" es "Oprah" escrito al revés.

Ayudar a los demás

Para ese momento, Oprah era muy rica. Pero Oprah no se conformaba con la fama y la riqueza, también quería contribuir a mejorar el mundo. Oprah recordaba el daño que los adultos le habían hecho cuando era pequeña. Su abuela la había lastimado. Algunos hombres la habían lastimado. Como sabía que muchos adultos seguían lastimando a niños, Oprah denunció esa situación y luchó por conseguir un cambio. Gracias

En 1993, el Presidente Bill Clinton firmó una ley de protección de los niños llamada "Ley Oprah". Oprah asistió a la ceremonia de la firma.

a Oprah hemos conseguido mejores leyes para proteger a la infancia.

Oprah quería contribuir aún más. Decidió organizar un grupo para ayudar a los demás. Lo llamó "La Fundación Oprah Winfrey". Esta fundación da dinero para causas nobles y ayuda a mujeres, niños y familias de todo el mundo.

Capítulo 4: Oprah no se detiene

Oprah publica la revista O. Aparece todos los meses en su portada.

Los años han pasado, y Oprah sigue encontrando formas de conectar con la gente. En 1996, empezó a compartir con sus admiradores su amor por los libros. Cada mes, le hablaba a los espectadores de un libro que le había gustado y les daba unas semanas para que lo leyeran. Luego, invitaba a su programa a quien lo había escrito. Oprah y su público conversaban sobre el libro con su **autor**. Llamó a estos programas "El Club de Lectura de Oprah". En poco tiempo, gente de todo el país leía los libros que Oprah comentaba en su club.

Al año siguiente, Oprah comenzó la *Oprah´s Angel Network* ("Red de Ángeles de Oprah"). Este grupo dona dinero a causas nobles. Oprah contribuye parte de su salario a esta red, e invita a los espectadores a hacer donaciones.

La "Red de Ángeles" ayuda a los necesitados. Esta niña va a un hospital para recibir los cuidados que necesita.

"Quiero que abran sus corazones y que vean al mundo de otra manera", les ha dicho Oprah. "Les prometo que esto mejorará sus vidas".

La Red de Ángeles ha recaudado millones de dólares.

Premios y distinciones

Oprah Winfrey y su programa han ganado treinta y nueve premios Emmy, que reconocen la calidad en la producción televisiva. Éstos son otros de los galardones que Oprah ha recibido por su maravilloso trabajo.

1988: Presentadora del año de la Sociedad Internacional de Radio y Televisión

1993: Premio Horatio Alger por la superación de la pobreza y la **adversidad**

1998: Premio Emmy por *Lifetime Achievement*

2002: Premio para **Filántropos** Bob Hope

2003: Premio Marian Anderson por su ayuda a estudiantes y familias de **minorías**

Este dinero sirve para que niños sin recursos puedan ir a la universidad y para construir escuelas y casas en áreas pobres.

Oprah no ha terminado su labor. Sigue trabajando arduamente y usando su talento de distintas maneras. Además de seguir mostrando a los demás cómo pueden ayudarse ellos mismos.

Oprah ha recibido muchos premios por su programa de televisión. Aquí está sosteniendo un premio Emmy.

Glosario

adversidad — mala fortuna

autor — persona que ha escrito un libro

copresentar — recibir junto con otro presentador a los invitados de un programa de radio o televisión

filántropo — persona que trabaja por el bienestar de los demás

gueto —parte de una ciudad donde viven personas de una minoría, generalmente debido a la pobreza

minorías — personas cuyo color de piel u orígenes difieren de los de un grupo más numeroso con el que conviven

recitar — repetir un texto de memoria

Más información

Libros

A is for Abigail: An Almanac of Amazing American Women. Lynne Cheney (Simon & Schuster Children's Publishing)

Oprah Winfrey: Media Superstar. Kristen Woronoff (Gale Group)

Oprah Winfrey: Success with an Open Heart. Tanya Lee Stone (Millbrook)

The Oprah Winfrey Story: Speaking Her Mind. Geraldine Woods (Dillon Press)

Páginas Web

Academy of Achievement

www.achievement.org/autodoc/page/win0int-1
Entrevista con Opra

Encarta Encyclopedia Center

encarta.msn.com/encyclopedia_761578521/Oprah_Winfrey.html
Artículo de enciclopedia sobre Oprah Winfrey

Oprah.com: Live Your Best Life

www.oprah.com
Página oficial de Oprah

Índice

Información sobre la autora

Jonatha A. Brown ha escrito varios libros para niños. Vive en Phoenix, Arizona, con su esposo y dos perros. Si alguna vez te pasas por allí y ella no está trabajando en algún libro, lo más probable es que haya salido a cabalgar o a ver a uno de sus caballos. Es posible que esté fuera un buen rato, así que lo mejor es que regreses más tarde.